Mama kommt!

Humoreske

Victor Blüthgen

»Morgen Schatz!« sagt er und legt ein Paket Schülerschreibhefte auf den Tisch. »Vor allen Dingen...« Sie sitzt am Nähtische beim Fenster und stickt an einer Decke, altdeutsch auf Kaffeesack, im bequemen, zierlichen, bordeauxfarbenen Morgenschlafrock, und sie richtet lächelnd den Kopf hoch, auf dem noch das Morgenhäubchen mit roten Bändern sitzt, läßt die Stickerei in den Schoß fallen und wartet, bis er ihr Köpfchen zwischen beide Hände nimmt und sie herzhaft auf den Mund küßt.

»Weißt du was Neues, Ernst?«

»Nein; aber du vielleicht?«

»Ja. Rate einmal.«

»Ich bin doch kein Geheimrat.«

»Au! – Ich will dir auf die Sprünge helfen: Ein Telegramm.«

»Potztausend – etwas Schlimmes kann's nicht sein, dazu siehst du mir zu vergnügt aus. In Nordhausen was Kleines angekommen etwa?«

»Nein – Besuch!«

»Besuch? Zu uns?«

»Ja, zu uns. Ich habe die Fremdenstube schon in Ordnung. Da hast du's!«

Sie reicht ihm das Telegramm, und er liest:

Oberlehrer Walter, Eberswalde.
Zwölf Uhr Bahnhof abholen.
Gruß.
Eure Mutter.

»Ist das nicht reizend? Ich habe mich schon gefreut wie ein Schneesieder. Gerade daß Mutter die Erste ist, die zu uns zu Gast kommt!«

»Das ist ja eine Überraschung,« sagt er, legt das Papier hin und reibt sich die Hände.

»Ich dachte mir schon, daß sie sich einmal aufmachen würde, so ungern sie auch reist. In den letzten Briefen wurde die Sehnsucht nach mir immer größer, wenn du dich erinnerst.«

Der junge Ehemann lacht laut auf. »Na, mehr kann man doch nicht verlangen, als daß sie es für eine Grausamkeit und Ungerechtigkeit der Natur hält, daß ein wildfremder Mann kommt und ihr mir nichts dir nichts ihre Tochter wegnimmt! Darin ist deine gute Mama mehr als drollig.«

»Sei nicht ungerecht, Ernst,« sagt die junge Frau mitleidigen Tons. »Ich bin ihre Einzige, bin ihr achtzehn Jahre beinahe nicht von der Schürze gekommen, das Pensionsjahr abgerechnet ...«

»Ich halte es immer für ein Wunder, daß sie dich so lange von sich gelassen hat.«

»Sie hat auch genug gejammert damals. Wir sind ja einig darüber, daß es eine Schwäche von ihr ist, meine Heirat als einen schweren Schicksalsschlag für sie anzusehen. Aber du mußt dich auch ein bißchen in ihre Lage versetzen: Papa so wenig zu Hause ...«

»Meinethalb mag sie klagen wie sie will – dich bekommt sie damit doch nicht wieder – du bist mein ...«

Das klingt wie Jubel und Triumph, und er faßt die junge Frau um den Leib und hebt sie aus dem Stuhl, daß die Stickerei unter den Tisch gleitet, preßt sie ans Herz, sieht ihr stolz wie ein Sieger dicht Aug' in Auge und küßt sie wieder stürmisch.

»Du bist schrecklich,« schmollt sie. »Morgen habe ich wieder blaue Flecke.«

Er läßt sie lachend los. »Sei froh, daß ich dich nicht aufesse. Aber kehren wir zur Vernunft zurück! Sag mal: hast du denn etwas Ordentliches zu Mittag? Du weißt, daß sie arg verwöhnt mit dem Essen ist.«

»Hammelfleisch mit Teltower Rübchen,« sagt sie etwas gedrückt.

»Das ist ja ein großartiges Essen,« ruft er.

»Ja, weil's dein Leibessen ist. Zu Hause haben wir's eigentlich nie gegessen.«

»Das muß sie kennen lernen!« sagt er enthusiastisch. »Paß mal auf, wie sie Geschmack dran findet.«

»Ja – ändern kann ich's nicht mehr.«

Er sieht plötzlich nach der Uhr. »Da haben wir aber nicht viel Zeit mehr, Schatz. Kommst du denn mit?«

»Freilich. Ist's schon so spät?«

»Beinah halb, Kind; du hast höchstens zehn Minuten noch für dich...«

Sie sind erst ein Vierteljahr verheiratet und lieben einander, wie nur irgend ein junges Paar dies imstande ist. Er Oberlehrer am Gymnasium, sie die einzige Tochter eines Geheimen expedierenden Sekretärs in einem deutschen Duodezstaate, die er in Berlin bei einer befreundeten Familie kennen gelernt hat. Kämpfe genug hat's gekostet, ehe Mama die Einwilligung gegeben. Erstlich war sie der Ansicht, daß diese Perle von Tochter zu etwas Besserem geboren sei, als um einen simplen Gymnasiallehrer zu heiraten; zweitens war es ihr schrecklich, sie aus ihrer Nähe fortzulassen.

Dieser Oberlehrer war nicht einmal Doktor! Das war doch eigentlich das Wenigste, was sie verlangen konnte. Als sie ihm bei einem Besuche nahegelegt, mindestens doch diese Auszeichnung noch zu erringen, hatte er sogar gelacht: er wolle nicht, daß man ihn aus Versehen nachts aus dem Bette klingle. Außer für Ärzte hätte dieser Titel höchstens für Barbiere und Schriftsteller Sinn, und die bekämen ihn vom Publikum so wie so.

Sie hatte das »frivol« gefunden und war empört gewesen.

Aber Fräulein Lottchen hatte am Ende ihren Willen mit Hilfe von Papa und ein paar Szenen durchgesetzt, in denen sie Mama überzeugte, daß diese andernfalls ihr Kind gänzlich von ihrem Herzen verlieren würde. Und da Mama im Grunde eine gutartige Frau war, die ihr Kind wirklich ungemein liebte, so war noch alles gut geworden, und sie hatte sogar dem Schwiegersohn bei der Hochzeit versichert, daß er ihr Herz gewonnen habe.

Es war klares, windiges Wetter, als das Paar sich zu Fuß auf dem gräßlichen, endlosen Weg vom Innern des Städtchens bis zum Bahnhofe befand, und sie schritten so eilfertig aus, als es möglich war, ohne befürchten zu müssen, daß ihnen ein Straßenjunge: ›Wo brennt's denn?‹ zurief. Denn die Wahrheit zu sagen: die junge Frau hatte zu ihrer Toilette fast zehn Minuten mehr gebraucht, als der Gatte ihr zugestanden.

»Ach Gott, wir kommen zu spät – Mama wird uns das sehr übelnehmen ...«

»Laß sie,« sagt er. »Ich will gern den Sündenbock machen ...«

»Auf keinen Fall – erstlich bin ich wirklich schuld, zweitens verzeiht sie mir eher als dir.«

»Nun, vielleicht schaffen wir's noch.«

Sie schafften's aber nicht, denn sie hörten den Zug heranschnaufen, als sie noch einige Minuten vom Bahnhofe entfernt waren, und bald darauf fuhren bereits die ersten Droschken an ihnen vorüber. Eben wollten sie auf den freien Platz beim Bahnhofe einbiegen, da rollte eine Droschke auf sie zu, in der saß Mama.

»Da ist sie!« – die junge Frau winkte mit erheuchelter Arglosigkeit hoch erfreut: »Mama! Mama!«

Auf der Droschke vorn befand sich ein gewaltiger brauner Koffer, neben dem sich der Kutscher möglichst papierdünn machte, im Fond mit etwas Handgepäck eine kleine würdevolle Frau, die sehr verdrießlich vor sich hin sah, bis sie das Winken der Tochter bemerkte, worauf sie mit der Spitze ihres Sonnenschirms dem Kutscher im Rücken stocherte und sich abwechselnd hob und wieder setzte, bis der Wagen hielt.

»Verzeihung, Mama!« flehte die Tochter zerknirscht. »Ich bin schuld, daß wir so spät kommen, habe nicht zu rechter Zeit angefangen, Toilette zu machen ...«

»Sei uns herzlich willkommen, Mama; du bereitest uns eine große Freude,« sagte der Schwiegersohn und hielt ihr die Hand hin ...

»Wird denn noch Platz für uns im Wagen sein? Ach ja, wir nehmen die Sachen auf den Schoß, wenn's nötig ist. Nein, welche Überraschung« – dabei öffnete Frau Lottchen den Wagenschlag und stieg ein – »ich war vor Freude ganz außer mir, als ich vorhin das Telegramm erhielt ... komm doch, Ernst ... hier, nimm das; so geht's ganz gut. Fahren Sie zu, Kutscher. Meine gute Mama« – die Schlange faßte ihre beiden Hände und sah ihr so liebevoll in die Augen – »wie geht's denn Papa? Ist er wohl? Du siehst ja ausgezeichnet aus ...« Die würdige Dame hatte mehrmals Anlauf genommen, jetzt endlich kam sie zu Worte.

»Nun, das muß ich wirklich sagen, Kinder: ihr seid nett! Laßt eure alte Mutter auf dem wildfremden Bahnhofe so allein nach einer Droschke suchen. Gott sei Dank, daß ich mir wenigstens eure Adresse gemerkt hatte; ich dachte schon, das Telegramm hätte sich verspätet.«

»Sei gut, Mamachen, ich vergesse immer wieder, wie weit dieser dumme Bahnhof von unserer Wohnung entfernt ist.«

»Warst du denn nicht zu Hause, Ernst?«

»Ich kam erst nach elf aus der Schule. Also: wie geht's euch denn?« half er ablenken.

Mamas kleines, fettes Gesichtchen unter dem Modehut mit Taubenflügeln und Schleier begann milder zu blicken. »Ich danke dir, lieber Ernst. Papa ist wohl, nur im März und April hat ihn sein altes Rheuma wieder arg geplagt. Und ich – nun, ich lebe ja. Ich vermisse freilich mein Lottchen je länger, je mehr. Aber das ist nun für mich vorbei ... Papa läßt natürlich schön grüßen. Ich hatte zu große Sehnsucht nach dir, mein Kind. Denke dir, ich träumte vorgestern nacht, ich sah dich mit einem großen Schiffe auf dem Meere untergehen – so hieltest du die Hände und riefst nach mir« – hier hob sie die kurzen, rundlichen Arme in die Luft – »ich war ja am Morgen wie in Tränen gebadet. Nichts in der Welt hätte mich zurückhalten können, mich zu überzeugen, daß du dich wohlbefindest.«

»Wie ein Fisch im Wasser.«

»Nun, wir reden noch darüber. Das sagen junge Frauen immer, wenn man sie fragt. Aber dies Pflaster ist gräßlich, man hört sein eigen Wort nicht ... und welch ein schmutziges Nest ist dies ...«

»Nur hier, Mamachen. Wir haben ganz reizende Partien nach dem Walde zu.«

Der Wagen rasselte furchtbar.

»Wohnt ihr dort?« schrie die alte Dame.

»Dort ist's für einen armen Gymnasiallehrer zu teuer!« schrie der Schwiegersohn.

»Nein, nein, Mamachen, glaub ihm nicht; wir wollten bloß näher dem Gymnasium wohnen,« rief die Tochter, sich zum Ohr der Mutter beugend.

Jetzt schwiegen alle drei. Die Mama nickte bloß ein bißchen tiefsinnig vor sich hin, dann saßen alle drei steif wie Bildsäulen, bis der Wagen hielt.

»Also hier,« sagte Mama und musterte das etwas altmodische zweistöckige Haus, wahrend der Kutscher hinuntersprang, um den Koffer zu befördern, nachdem der Schwiegersohn bereits den Schlag geöffnet. »Das scheint eine recht alte Stadt zu sein.«

»Ja, sie hat ihre Jahre,« meinte der Oberlehrer trocken – »darf ich bitten, Mamachen – so; und … ah, da ist ja Sophie. Hier, schaffen Sie erst mal die Sachen hinauf, nachher kommen Sie und helfen den Koffer tragen.«

Sophie ist das Dienstmädchen.

»Hast du denn noch die gute Meinung von deinem Mädchen?« fragte Mama hinter diesem her.

»O ja, Mamachen. Sie kocht ganz gut; seine Fehler hat ja jeder.«

»O ja? – nun, das ist schon nicht das Richtige, wenn man so spricht. Wir werden ja sehen. Es ist ganz gut, wenn eine erfahrene Mutter einmal solch einen jungen Haushalt einer Musterung unterwirft. Mit ein paar praktischen Griffen ist da manchem abgeholfen. Ich kann mir noch gar nicht vorstellen, wie du dich in einem eigenen Hause machst.«

Sie waren oben, der Schwiegersohn winkte einladend nach der geöffneten Zimmertür und ging darauf mit dem Mädchen nach dem Koffer. »Frau Oberlehrer, es wird doch nicht anbrennen?« rief Sophie von der Treppe.

»Entschuldige, Mama – oder willst du gleich die Küche in Betrieb sehen? Wir müssen nämlich sofort essen, Ernst muß um ein Uhr wieder zur Schule.«

»So?« sagte Mama etwas kühl. »Du führst, wie mir scheint, ein etwas pressiertes Leben, liebes Kind. Ich dachte eigentlich, heute, wo ich ankomme, hätte er sich wohl frei machen können.«

»Das geht schwer, Mamachen; außerdem war keine Zeit mehr, das zu ermöglichen. Nachher um vier haben wir ihn für den Rest des Tages. Ist die Küche nicht nett?«

»Sehr nett – sehr nett ... ein bißchen sauberer könnte deine Sophie noch sein. Du darfst da nichts durchlassen, blitzen muß alles – du wirst dich erinnern, wie ich zu Haus darauf halte. Nun, ich bin jetzt hier und werde gelegentlich mit dem Mädchen reden. Das riecht ja so eigen – was kochst du denn heute – ah, sind das Teltower Rübchen?«

»Jawohl, Hammelfleisch mit Teltower Rübchen,« sagte die tiefe Stimme des Schwiegersohnes vergnügt, der eben mit dem Koffer ankam. »Mein Leibgericht, Mamachen.« Er polterte vorüber.

»Da habe ich's ja gut getroffen,« meinte Mama sauersüß mit etwas verlängertem Gesicht. »Kinder, ihr lebt wohl recht einfach hier?«

»O nein, Mamachen ...«

»Darf ich bitten, Mama?« Der Oberlehrer stand händereibend in der Tür. »Jetzt sollst du unser kleines Paradies sehen. Sophie, Sie decken gleich, aber geben Sie Dampf! Ich muß fort.«

Die Wohnung sah noch etwas kahl aus, wie junge Wohnungen aussehen; aber die Einrichtungsmöbel präsentierten sich ganz stattlich. »Hm,« nickte Mama, und in jeder Stube: »Hm! – Ich hätte vielleicht einiges anders gestellt. Wir werden einmal probieren und dann vergleichen. Warum habt ihr bloß so niedrige Stuben genommen? In etwas höheren kommt doch alles weit besser zur Geltung.«

»Ganz recht, Mamachen,« nickte der Schwiegersohn. »Vielleicht ziehen wir später einmal um. Wenn ich wieder Zulage bekomme – in einigen Jahren – können wir sie ja auf die Wohnung verwenden. Aber ich versichere dich: man gewöhnt sich an alles. Wir befinden uns hier ganz ausgezeichnet wohl.«

»Nun, ich zweifle nicht daran. Mein Lottchen sieht ja recht munter und blühend aus, soweit dies von einer jungen Frau zu verlangen ist.«

»Frau Oberlehrer, die Suppe steht auf dem Tische,« ruft Sophie durch die Tür.

Mama zeigt ein etwas kühles Gesicht.

»Mich entschuldigt, liebe Kinder, ich möchte vielleicht erst meinen Hut absetzen und mir die Hände waschen.«

»Aber bitte, Mamachen – Ernst, fang immer an – hier ist dein Zimmer, gleich am Korridorende.«

Der Oberlehrer blickt den Damen nach, kraut sich ein wenig hinter den Ohren und geht dann in die Wohnstube, wo gedeckt ist. Sophie will eben hinausgehen.

»Sophie,« sagt der Oberlehrer, »meine Schwiegermutter titulieren Sie Frau Geheimsekretär, hören Sie? Sprechen Sie sich das Wort in der Küche zehnmal vor, damit Sie's behalten.«

»Schon, Herr Oberlehrer.«

»Und bringen Sie nur gleich das übrige, ich habe keine Zeit zu verlieren. Herrgott ...«

Er sah nach der Uhr und fing mit Teufelsgewalt an, die Suppe zu vertilgen. Gleich darauf kamen die Damen, zusammen mit Sophie, dem Hammelfleisch und den Teltowern. »Entschuldigung, Mama!« Der Oberlehrer ging mit Sophie zum Büfett, schnitt und löffelte sich einen Teller voll zusammen und aß in Fieberhast, wischte sich dann den Mund, fuhr auf: »Adieu, Mama; adieu, Schatz« – die Gattin bekam einen Kuß, und fort sauste er in seine Arbeitsstube und mit Gepolter weiter, die Treppe hinab.

»Gott sei Dank,« sagte Mama. »Mir ist ganz übel geworden. Welch eine entsetzliche Art zu essen ist das! Wenn du das aushältst, Lottchen, und dich obendrein so während des Essens küssen lassen kannst, so bist du eine ganz andere geworden. Freilich ist das schließlich deine Sache.«

»Bewahre, Mamachen; das ist ja nicht immer so. Wir essen sonst etwas zeitiger.«

»Das will ich hoffen, mein Kind: Du nimmst mir's nicht übel, wenn ich heute wenig genieße. Dieser Rübengeruch ist mir entsetzlich, er hat so etwas Plebejisches an sich, wie Viehfutter. Ihr wollt mir's sicher hier angenehm machen, so bist du wohl einverstanden, wenn wir den Küchenzettel gemeinsam feststellen, solange ich hier bin.«

»Mit Freuden!«

»Nun, ich denke, wir werden schöne Tage zusammen verleben, mein geliebtes Töchterchen, ganz wie in alter Zeit. Wenn du wüßtest, wie grausam ich unter der Entfernung leide ...«

»Ja, das hilft doch nun nicht, Mamachen – aber was machen wir nur – du kannst doch nicht satt sein ... Sophie! ... wir haben ja kein Obst in dieser Jahreszeit ...«

»Laß gut sein, ich habe unterwegs etwas gegessen.«

»Frau Oberlehrer?«

»Räumen Sie ab!«

Sophie, ein älteres, auf ihre Kochkunst einigermaßen stolzes Mädchen, zieht ein langes Gesicht. »Die Frau Geheimsekretär hat ja gar nichts gegessen.«

»Mein liebes Kind,« sagt Mama scharf, »das kann Ihnen wohl gleichgültig sein. Außerdem bin ich gewohnt, daß man mich »gnädige Frau« nennt.«

»So? Der Herr Oberlehrer sagte doch, ich sollte ›Frau Geheimsekretär‹ sagen,« protestiert Sophie.

Sie hatte gewissenhaft zehnmal das schwierige Wort in der Küche vor sich hergesagt, und nun sollte dies umsonst geschehen sein!

»Ich denke, da bin ich wohl maßgebend. Sie können sich das übrigens auch meiner Tochter gegenüber angewöhnen, es spricht sich besser als Frau Oberlehrer.«

Sophie räumte verdrossen schweigend ab; die junge Frau war verlegen.

»Aber, Mama« – Sophie war draußen – »ich weiß nicht, ob das Ernst recht ist; er mag die Bezeichnung nicht.«

»Liebes Lottchen, wenn ich schon meine Tochter entbehre und einem fremden Menschen gebe, so wünsche ich wenigstens, daß sie gebührend honoriert wird. Du scheinst überhaupt deinem Manne ganz zu Willen zu leben. Da müßte er sich erst doch noch in mancher Beziehung ändern.«

»Offen gesagt, Mamachen – ich habe da noch keinen Wunsch gehabt. Er gefällt mir so, wie er ist.«

»Genau das, was ich gefürchtet. Ihr jungen Frauen seid in eurer Verliebtheit die törichtsten Geschöpfe. Zuerst richten sich ja die Männer noch leidlich auf euch ein, das macht nachsichtig. Allmählich gehen sie ihre eigenen Wege, und ihr habt keinen Einfluß. Aber ich möchte jetzt etwas ruhen, mein Kind, du kennst ja meine Schwäche.«

Der Oberlehrer Walter kam heute schon nach drei Uhr aus der Schule zurück. Mama schlief noch.

»Na,« sagte er, als die junge Frau den üblichen Kuß bekommen, »hat sich denn Mama getröstet? Es paßte ihr ja verschiedenes nicht.«

Frau Lottchen lachte. Sie saß im Schaukelstuhl und hatte gelesen. »Sehr festlich war ihr Empfang wirklich nicht, und du weißt ja, sie ist furchtbar für Rücksichten. Ach – Ernst – mir ist eins recht unangenehm.«

»Was denn?«

»Denke dir: sie hat Sophie instruiert, daß sie zu ihr und zu mir ›gnädige Frau‹ sagen soll.«

»Diese Albernheit,« brummte er ärgerlich. »Du weißt doch, wie greulich mir das ist. Sie mag sich meinethalben nennen lassen wie sie will, aber sie soll uns nicht in unsere Hausordnung pfuschen.«

»Ich habe auch Sophie gesagt: sobald Mama fort ist, hört das wieder auf.«

»Na, so muß es denn ausgehalten werden. Hoffentlich hat sie nicht mehr dergleichen Reformtaten auf Lager. Sie deutete so etwas an von Möbelumstellen – darauf lassen wir uns auf keinen Fall ein, hörst du, Schatz?«

»Ich will es ihr schon ausreden.«

»Mit dem Kaffee müssen wir doch wohl auf sie warten. Ich will indes ein paar Korrekturen besorgen.«

Er ging arbeiten. Als er nach einiger Zeit Tassengeklirr vernahm, kehrte er in das Wohnzimmer zurück: »Ah, da bist du, Mamachen. Wohl geruht?«

»Danke, lieber Ernst. Ich war doch recht abgespannt von der Reise, schlief bald ein, obwohl der Wind hier schrecklich an den Fenstern heult und klappert.«

»Zum Glück tut er das nicht immer,« beruhigt er und setzt sich. »Das hat nur eine bestimmte, verhältnismäßig seltene Art Wind an sich.«

Ein ganz gemütlicher Kaffeetisch.

Mama »thront«, die Würde ist nun einmal unabtrennbar von ihr.

»Habt ihr denn netten Verkehr hier?«

»Fast nur mit Kollegen,« sagt Lottchen. »Das reicht aber gerade hin. Es sind besonders zwei allerliebste junge Frauen darunter, ungefähr in meinem Alter. Mit der einen, einer Frau Doktor Harsdörffer, bin ich sehr intim geworden.«

»Frau Doktor Harsdörffer? Die meisten Lehrer sind wohl Doktor hier?«

»Ja,« sagt der Hausherr trocken, »und manche Professor.«

»Hm! Siehst du, das hättest du dir und Lottchen doch wirklich leisten können, Ernst. Sie sind doch nun alle mehr als du. Ich hätte darauf bestehen sollen; es sieht wahrhaftig so aus, als besäßest du die Kenntnisse nicht dazu, wenn ich auch glaube, daß dem nicht so ist.«

»Lassen wir den Punkt außerm Spiel, Mama. Du weißt, wie ich über diesen Titel denke. Der Doktor ist ein großer Schwindel.«

»Wie du das sagen kannst, begreife ich nicht. Dann würden sich doch nicht so viele verständige Leute drum bemühen.«

»Leider ist die Titelsucht so verbreitet, und die Gewohnheit noch dazu – die bekanntlich der Mensch seine Amme nennt.«

»Nimm mir's nicht übel, das sind Redensarten. Ich habe unter der Hand bei unsern Lehrern fragen lassen, die haben erklärt, deine Abneigung wäre eine Schrulle.«

»Liebe Mama,« sagte er etwas nachdrücklich, »du änderst mich nicht.« Und er trinkt die halbe Tasse leer.

»Das ist eben mein Kummer. Aus welcher Familie stammt denn deine Freundin, liebes Lottchen?«

»Denke dir, sie ist eine Bäckertochter ...«

»Bäck – ja gibt es denn gebildete Bäckertöchter?«

»Ja, wirklich! Sie hat die höhere Töchterschule besucht; sie stammt aus Berlin.«

»Das ist doch sehr merkwürdig. Da sind die Lehrersfrauen wohl aus sehr verschiedenen Ständen entsprungen? Nun, ich bin neugierig; ihr werdet mir hoffentlich euren Verkehrskreis vorstellen.«

»Gewiß, sobald du wünschest, machen wir Besuche, Mama.«

»Hm! – Weißt du, Lottchen, ich möchte da doch ein wenig aussuchen. Vielleicht arrangierst du dieser Tage eine Gesellschaft. Zu weit möchte ich mich mit Besuchen nicht ausdehnen.«

Der Schwiegersohn schnitt ein Gesicht, als ob er einen Schluck Essig im Munde hätte; darauf hustete er.

»Die Saison für Gesellschaften ist hier schon vorbei. Vielleicht würde sich ein Kaffee eignen ...«

»Nun gut, wiewohl ich die Herren auch gern kennen lernen würde.«

»Ja, Mamachen – man ißt hier, sagt sich gesegnete Mahlzeit, dann gehen die Herren in ein Zimmer und die Damen in ein anderes. Du würdest sie da doch kaum kennen lernen. Wie wär's jetzt mit einem Spaziergange? Wir gehn nämlich gewöhnlich nach dem Kaffee.«

Er stand auf.

»Aber doch heute nicht? Bei dem Winde? Man kann sich ja den Tod holen!« sagt Mama entsetzt.

»Nun – Lottchen bekommt's, wie du siehst, nicht schlecht. Übrigens, wie ihr denkt, ihr habt wohl auch Lust, euch noch ein bißchen untereinander auszusprechen. Mir ist das Gehen zu sehr Bedürfnis – also sagen wir: Auf Wiedersehen, Mama!«

Er geht gemächlich hinaus, man hört ihn pfeifen.

»Gut, laß ihn. Aber daß er dich zwingt, bei solchem Wetter mit ihm zu laufen, beunruhigt mich denn doch. Du kannst das deiner Mutter nicht verdenken, die dich nicht achtzehn Jahre lang ängstlich vor Wind und Wetter behütet hat, damit dir ein Mann rücksichtslos nachher deine Gesundheit in Frage stellt.«

»Aber, Mama – es bekommt mir wirklich ganz gut.«

»So lange wie es dauert, mein Kind. Das werde ich vermutlich besser verstehen. Überhaupt – ich begreife dich nicht. Etwas mußt du deinen Mann auf alle Fälle noch erziehen. Ich habe ihn beispielsweise doch nie früher im Hause pfeifen hören; das hat er als Bräutigam nicht gewagt bei uns. Auch könnte er wohl etwas rücksichtsvoller auftreten, er geht, als ob er Wasserstiefel an den Füßen hätte; und das hastige Essen würde ich ihm gleichfalls abgewöhnen. Er läßt sich ja furchtbar gehn! Mich würde das alles ganz nervös machen auf die Dauer.«

»Du magst ja recht haben – aber mich hat das wirklich noch nie gestört. Es gehört so zu seinem Wesen; er hat doch so etwas Kräftiges, Männliches ...«

»Ich danke! Wenn du ihn freilich noch verteidigst und das schön findest ... Du bist doch aus guter Familie und mußt darauf halten, daß man das merkt. Solchen Mangel an Erziehung beim Manne muß eine gut erzogene Frau ausgleichen. Ein wahres Glück, daß ich gekommen bin. Noch ist's Zeit, manches gut zu machen, was du versehen hast. Du hast ein wenig zu jung geheiratet, liebes Lottchen. Ich werde die Sache schon in die Hand nehmen. Jetzt hilfst du mir wohl, daß ich mich mit meinen Sachen einrichte.«

Die junge Frau schwieg. Was Mama alles bemerkte, auszusetzen hatte, wünschte!

Es ist wahr: nachher, als der Gatte gegen Abend wiederkehrte, fiel ihr's auf, daß er pfiff, fein war das gewiß nicht; und wie hart er auftrat, und wie seine Stiefel knarrten – sie horchte drauf, bis ihr jeder Tritt weh tat. Und beim Abendessen – er schlang ordentlich, so schnell aß er, er schmatzte sogar dabei. Sonderbar, daß ihr das früher alles ganz in der Ordnung erschienen war! Jetzt auf einmal ...

Sie mußte immer auf seinen Mund sehn, wie er große Stücke so hastig hinein beförderte, zwischendurch redend – das leiseste Geräusch beim Kauen verstärkte sich mikrophonisch für ihr Ohr. Sie konnte gar nicht denken dabei.

»Um Gottes willen, Ernst, iß nicht so fürchterlich schnell,« sagt sie plötzlich. »Mama ist das auch schon aufgefallen. Das kann unmöglich gesund sein.«

Er sah sie höchst verdutzt an; dann aß er weiter.

»Du bist komisch. Sehe ich danach aus? Ich befinde mich vortrefflich dabei. Das hat dich doch früher nicht gestört?«

»Ich muß Lottchen recht geben,« sagt Mama würdevoll, »Nun, so etwas kann man sich ja abgewöhnen; man findet das immer, daß die Männer aus ihrer Junggesellenzeit allerlei kleine Untugenden mit in die Ehe bringen, aber man braucht verständige Männer nur darauf aufmerksam zu machen, so bezwingen sie sich.«

»So, so. Ich habe wohl noch eine Menge solcher Untugenden?

Die Frauen warfen sich Blicke zu.

»Verzeih, lieber Sohn,« hier sieht ihn Mama liebevoll an, »ist es dir ein sehr dringendes Bedürfnis, manchmal zu pfeifen? Man hat das eigentlich in feineren Familien selten.«

»Hm. Darauf habe ich in der Tat nie geachtet.«

»Ja, das hängt euch so von der Studentenzeit her an. Man sagt ja auch: burschikos. Ganz begreiflich – solch ein junger Mensch, der auf niemand Rücksicht zu nehmen braucht und dem man viel zugute hält! Aber ihr könnt euch gar nicht vorstellen, wie das einer zarten, fein erzogenen Frau auf die Nerven fällt.«

»Wirklich, Lottchen?« Er sieht die junge Frau, die etwas verängstigt dasitzt, ironisch an, den letzten Bissen auf der Gabel.

»Ja,« nickt Mama. » Sie ist ganz meiner Meinung. Nun, es braucht ja wohl bloß ausgesprochen zu werden, so ist dem abgeholfen.«

»Natürlich werde ich mich bemühen!« sagt er. »Nur gewöhnt man sich nicht von heute auf morgen um.«

»Das kann man gewiß nicht verlangen. Ich werde dich schon erinnern, lieber Ernst.«

»Schön. Gesegnete Mahlzeit! Ihr verzeiht, ich habe heute viel zu arbeiten.«

Er geht in sein Zimmer. Sie hören eine Lampe klirren. Dann wandert er mit großen Schritten auf und ab.

»Nun, er ist ja ganz verständig. Siehst du, Lottchen, man muß nur den Mut haben, sich ruhig auszusprechen.«

»Das ist doch um die Wände hinaufzugehen!« murmelt er drüben. »Sie verdirbt mir in acht Tagen meine ganze kleine Frau.«

Es gibt in der Nacht noch eine kurze Erörterung zwischen den Gatten, vor dem Zubettgehen.

»Der Schimmel geht einen guten Trab. Ich meine damit deine Mutter.« Dabei zieht der Oberlehrer die Stiefel aus und wirft sie dann polternd aus der Tür. »Sie scheint ja mit bedeutenden Reformabsichten hergekommen zu sein, und du scheinst auch verschiedenes auf dem Herzen zu haben, was du in ihren Topf wirfst, mein Kind!«

»Bist du mir böse, Ernst?«

»Noch nicht. Ich warte noch darauf, bis ihr mir bei Tische ein Säuberlätzchen umbindet.«

»Aber Ernst ...!«

»Na, ich werde ja sehen. Reden wir jetzt nicht weiter darüber.«

Sein Gutenachtkuß ist etwas flüchtig. Das kränkt sie, und sie schweigt, liegt lange und kann nicht einschlafen. Immer horcht sie wieder – ob er noch nicht schläft – ob er wirklich schläft ...

Mama hat die Nachtmütze auf und schläft längst wie ein Murmeltier.

Heute geht Walter erst um neun zur Schule, halb neun ist Kaffeetisch. Mama erscheint auch gleich, Sophie hat gemeldet, daß sie schon zeitig munter gewesen sein müsse.

Mama klappt mit den Augen und sieht wehleidig aus.

»Guten Morgen, Kinder! Ich bin wie zerschlagen, seit sechs Uhr liege ich wach.«

»O – hast du schlecht geschlafen?« fragt bedauernd der Oberlehrer.

»Nein, ich schlief gut. Aber auf dem Hofe nebenan fing man gegen sechs Uhr an, Teppiche auszuklopfen. Ich bin fast verzweifelt! Das ist ja ganz polizeiwidrig. – Du hast wohl die Güte, dich zu beschweren, lieber Ernst, um zu verhindern, daß dies zum zweitenmal geschieht.«

Sie läßt sich matt in den Korbstuhl fallen, und die Tochter schenkt ihr mit teilnahmsvollem Kopfschütteln ein.

»Na, laß gut sein, Mama. Es werden ja nicht alle Tage Teppiche geklopft. Man ärgert seinen Nachbar nicht gern mit der Polizei, und mit dem meinigen ist nicht gut Kirschen essen.«

»Wie du denkst,« sagt sie kühl. »Ich weiß nur, daß, wenn dergleichen drei Tage hintereinander geschähe, meine Nerven hin wären. Du gehst schon?«

»Ja, leider habe ich heute den ganzen Vormittag Schule.«

»Nun, dann können wir ungestört anfangen, deine Wirtschaft etwas durchzusehen, mein Kind. Ich finde, offen gesagt, dein Mädchen recht unsauber. Du mußt ihr mehr auf die Finger sehen – adieu, lieber Ernst!«

»Wieso, Mama?«

»Ich werde dir's zeigen.«

Sie frühstückt erst gemächlich. Endlich steht sie gewichtig auf. »Nun komm einmal mit ... Sophie, kommen Sie gefälligst einmal mit. So: jetzt sehen Sie doch unter mein Bett – sehen Sie den Staub? die Fusseln da? Wie wär´s, wenn Sie einen feuchten Lappen nähmen und aufwischten!«

Sophie holt verdrossen einen Lappen. Währenddes streicht Mama mit den Fingern über einen Schrank.

»Siehst du hier, Lottchen? Ganz schwarz. Das Mädchen wischt offenbar niemals Staub.«

»Das ist nicht wahr,« sagt Sophie hinter ihr.

Mama dreht sich in ihrer ganzen Rundlichkeit um und mustert sie sehr erstaunt von oben bis unten.

»Meine Liebe, man nennt das, gelinde gesagt, vorlaut. Sie wischen vielleicht, aber wie? das sehe ich ganz genau. Ich muß mir eigens die Hände noch einmal Ihrethalben waschen. Das wird wohl genügen.«

Sophie geht brummend ab.

»Das ist ja eine recht unangenehme, dreiste Person. Hoffentlich läßt du dir dergleichen nicht bieten, mein Kind.«

»Sie ist aber sonst gutartig und ganz brauchbar, Mama.«

»Was hilft das? Dienstboten muß man immer kurz halten. Wir werden uns in diesen Tagen drüber machen und gründlich durch alle Zimmer Staub wischen, dann wird dir das klar werden. Du nimmst es noch nicht genau genug. Wie sieht denn deine Wäsche aus?«

Sie gehen in das andere Schlafzimmer, zum Wäscheschrank. Die junge Frau muß herausgeben, und Mama prüft, schüttelt den Kopf.

»Mein Kind, das muß noch besser durchgewaschen werden. Das viele Stärken tut's nicht. Sieh mal hier – und hier ... Weißt du, während ich hier bin, werden wir einmal waschen. Was ist dies?«

»Ernsts Oberhemden. Die sind noch gar nicht getragen.« Sie will sie wieder in den Schrank tun.

»Wie kommt das?«

»Er trägt für gewöhnlich nur Lahmannsche Baumwollhemden.«

»Aber das ist ja eine schrecklich unsaubere Mode. Jetzt fällt mir erst auf, daß er so zugeknöpft aussieht. Das leide nicht; das muß er sich auch abgewöhnen. Ein Mann mit weißer Wäsche ist noch einmal so appetitlich. Das paßt so ganz zu seiner Junggesellenart, an der Wäsche zu sparen.«

»Ich fürchte, davon läßt er nicht, Mama.«

»Ah, das sagst du. Wiederhole ihm nur alle Tage, wie greulich dir's ist, daß er keine saubere Wäsche trägt; am Ende läßt er sich doch herbei. Du glaubst nicht, wie einfach es im Grunde ist, einen Mann zu etwas zu bestimmen. Nur Beharrlichkeit gehört dazu. Ich werde es dir beweisen.«

Die junge Frau war immer betretener geworden neben Mama, bei der Kritik über die Wäsche ganz rot. Jetzt, da sie wieder einpackte, fing sie plötzlich zu schluchzen an. Mama sah überrascht auf sie und schloß sie in die Arme.

»Was ist dir denn, Kind? Du wirst doch nicht empfindlich sein? Ich meine es doch nur gut mit dir.«

»Ich bin so unglücklich,« schluchzte die Tochter. »Bis jetzt hast du noch nichts Gutes an mir gefunden, und ich dachte immer, ich hätte ganz gut gewirtschaftet.«

»Aber Lottchen – so mußt du das nicht auffassen. Beruhige dich nur, mein Kind ...«

»Was für eine schlechte Frau muß ich meinem Manne sein ...«

»Gott bewahre! du bist nicht schlechter als so viele andere, aber du wirst und sollst das Ideal einer Hausfrau werden, auf die dein Mann stolz sein kann. Willst du, daß die Leute sagen: was für eine Mutter muß diese junge Frau gehabt haben, daß sie so wenig gut wirtschaftet? So sprechen sie, verlaß dich drauf; immer kommt die Schuld auf die Mutter. Wenn ich euch jetzt verlassen werde, so wirst du dich neben jeder sehen lassen können.«

Die junge Frau beruhigt sich äußerlich, und Mama hält es für gut, die Revision vorläufig einzustellen.

»Sophie kann die Schlafzimmer in Ordnung bringen. Wir werden sie nachher darauf ein wenig kontrollieren.«

Sie gingen in das Wohnzimmer. Durch Blumen am Fenster schien die Frühlingssonne herein.

»Ach, da sind ja die Rouleaux noch nicht heruntergelassen!« ruft Mama und eilt an das Fenster.

»Ernst wünscht ausdrücklich, Mama, daß jeder Sonnenstrahl herein soll; er hält das für so gesund!«

»Siehst du, das ist wieder solch eine Schrulle von ihm. Hast du ihm denn nicht begreiflich gemacht, wie sehr die Möbel darunter leiden?«

»Er sagt, das wäre ihm egal.«

»Du mußt dir doch sagen, daß dies sehr kurzsichtig von ihm gedacht ist. Später sollst du ihn klagen hören, wenn die Bezüge erneuert werden müssen! Ich kenne das. Er wird sich schon meiner Erfahrung fügen. Du hast doch auch so nette Schutzdeckchen für die Möbel mitbekommen – gerade die von mir gearbeiteten sind so niedlich, aber ich sehe, daß ihr gar keinen Gebrauch davon macht.« Dabei betrachtet sie das Sofa, als bedauere sie es aufrichtig.

»Ernst haßt sie,« stößt die junge Frau nervös heraus.

»So? da hatte ich mir also die mühevolle Arbeit sparen können. Ich will ihn doch fragen, was er dagegen einzuwenden hat. Wie ich sage: er ist der reine Junggesell' noch, dem seine Bequemlichkeit und seine Laune über alles geht.«

»Mama, mach ihn bloß nicht ungeduldig; ich glaube, er kann sehr heftig werden!«

Mama hebt das rundliche Haupt mit der Haube drüber und zieht den Mund ein.

»Ich hoffe, er wird sich mir gegenüber zu bezwingen wissen. Ich habe nicht die mindeste Angst vor ihm. Mir überlaß das nur ganz ruhig, ihn zu erziehen.«

Mama erzählt einige lehrreiche Beispiele, den Geheimen expedierenden Gatten betreffend; die Tochter hört mit halbem Ohre zu, im ahnenden Vorgefühl drohender Konflikte zwischen Mama und dem Gatten. Endlich scheint Sophie nebenan fertig zu sein, und Mama »will sehen«.

Sophie muß noch einmal kommen: das Waschbecken ist noch nicht sauber genug, die Betten können glatter gestrichen sein, die Handtücher ordentlicher über dem Ständer hängen, unter den Betten muß besser aufgewischt werden, auch ist der Spiegel etwas verstaubt.

»So viel Zeit habe ich nicht alle Tage,« brummt Sophie verstockt.

»Sie brauchen auch nicht so viel Zeit, meine Liebe, wenn Sie das gründlich machen,« sagt Mama sehr kühl.

Es ist zwölf Uhr geworden. Der Oberlehrer erscheint wieder und, wie es aussieht, ganz guter Laune. Er pfeift, als er eintritt – »Ach, Pardon,« sagt er, »mein altes Laster. Nun, habt ihr einen vergnügten Vormittag gefeiert? Was tausend – weshalb hast du die Rouleaux heruntergelassen, Lottchen?«

»Ich nicht! Mama tat es.«

»So?« fragt er und mustert sie.

Mama lächelt harmlos. »Ich bin nun einmal eine sparsame Hausfrau, lieber Ernst. Ihr jungen Leute habt eben nicht die Erfahrung, wie arg die Sonne die Möbelbezüge mitnimmt.«

»Ah so,« sagt der Oberlehrer, nickt und geht in sein Zimmer. Er hat sich den Willkommenkuß geschenkt. Mama blinzelt auf Frau Lottchen und geht ihr dicht ans Ohr.

»Siehst du? Er fügt sich ganz friedlich. Bemerktest du, wie gut er sich beim Pfeifen besann? Er wird, sage ich dir. Übrigens ist ja die Sonne fort ...« Und sie zog die Rouleaux wieder hoch.

Sophie deckte mit einem muffligen Gesicht. »Nun, lieber Ernst, wollen wir einmal ganz ruhig und gemächlich essen,« betonte Mama gegen den Schwiegersohn, als sie alle drei saßen. »Wir haben schon viel geleistet am Vormittag.«

»Ei ei!«

»Jawohl! Ich habe mit Lottchen angefangen, die Wirtschaft zu revidieren. Sie sieht jetzt bereits ein, wie wünschenswert das war. Wenn ich euch verlassen werde, wird sie dir eine musterhafte Hausfrau sein.«

»Wie?« fragt er erstaunt. »Ich habe eigentlich noch nichts bei ihr vermißt, die bekannten fehlenden Knöpfe abgerechnet.«

»Ah, ihr Männer ... so eine erfahrene Mama sieht schärfer, wie du dir denken kannst. Ihr Männer fühlt euch nur wohler, sobald alles in Ordnung ist; warum? das wißt ihr nicht. Aber pst! lieber Ernst, du ißt schon wieder so hastig ...«

»Ja ja – nun, es wird mit der Zeit schon gehen.«

»Wir werden die ganze Wohnung Stube für Stube gründlich sauber machen – du glaubst gar nicht, was das heißt ...«

»Meine Arbeitsstube da auch?«

»Ohne Gnade; die wird vermutlich die meiste Arbeit machen. Auch eine große Wäsche werden wir abhalten.«

Er legt Messer und Gabel nieder, sieht sie an, schnalzt mit der Zunge und sagt endlich: »Hm!« worauf er wieder zu essen beginnt.

»Wir sind bei der Wäscherevision auf etwas zu sprechen gekommen ... langsamer, langsamer, lieber Sohn ...«

»Pardon!«

»Es handelt sich nämlich um deine guten Oberhemden. Du bist in Wahrheit, ohne dir zu schmeicheln, ein hübscher Mann, Ernst – wie kannst du dich nur so häßlich tragen, dunkel bis an den Hals hinauf, wie Arbeiter! Fein sieht das gewiß nicht aus ...«

»Ja, Mama,« unterbricht er kurz, »das geht leider für jetzt nicht zu ändern. Meine Westen sind alle drauf zugeschnitten.«

»Ich spendiere dir einen ganzen neuen Anzug, wenn du mir den Gefallen erzeigst, es mit den Oberhemden zu probieren,« ruft sie.

»Das keinesfalls, Mama – pardon, das würde mich genieren! Meine Kleidung will ich mir selber leisten. Übrigens muß ich mich da auch auf meinen Arzt berufen, er meint, für meine Hautbeschaffenheit sei das Leinentragen ungesund.«

»Ah – mit Unterzeug drunter doch nicht? Ich weiß nicht, früher trugen alle Leute nichts als Leinen und waren auch gesund. Ich werde doch, solange ich hier bin, Gelegenheit suchen, mit dem Herrn zu reden.«

»Bitte schön« ... (Er wird ihn jedenfalls früher sprechen.)

»Du selbst wärest also im Prinzip nicht gegen meinen Wunsch?«

»Durchaus nicht, Mama.«

Sie wendet sich triumphierend zu Frau Lottchen: »Siehst du wohl? Sie ist ganz meiner Meinung, lieber Sohn, aber ob sie wohl den Mut hat, es auszusprechen? Was haben solche jungen Dinger für Angst vor ihren Männern!«

»Lottchen Angst? Bin ich denn solch ein Tyrann?«

Die junge Frau sitzt wie auf Kohlen.

»Ich weiß nicht ... Mama stellt das so hin ...«

»Wir haben noch etwas besprochen,« sagt Mama rasch. »Ich habe mich nächtelang gequält, um euch zur Aussteuer so hübsche Möbelschoner zu fertigen. Jetzt liegen sie auch im Schranke, mir war es ein rechter Schmerz, das wahrzunehmen ...«

»Ei so leg sie doch auf, Mama!«

Mama reicht ihm plötzlich die Hand, ihr Gesicht strahlt: »Du bist ein ganzer Mann, Ernst. Ich hatte dich früher schon in mein Herz geschlossen, jetzt sehe ich erst, wie sehr du es verdientest. Du wirst auch, wenn ich fort sein werde, sorgen, daß Lottchen wirtschaftlich auf der Höhe bleibt. Ich werde dir vorher auseinandersetzen, woran es bei ihr noch fehlt.«

»Natürlich, gern Mama. Es wird mich riesig interessieren, in die Geheimnisse der Hausfrauentugenden einzudringen. Sie können abräumen, Sophie!«

Mama geht schlafen. Die junge Frau, die einen ganz roten Kopf bekommen hat, sitzt im Schaukelstuhl, wiegt heftig auf und nieder und preßt die Lippen zusammen. Der Oberlehrer geht mit starken Schritten auf und ab, bis Sophie abgedeckt hat. Dann öffnet er einen Fensterflügel, holt tief Atem: »Ah, nun aber Luft herein!«

»Ich begreife dich nicht, Ernst,« sagt es im Schaukelstuhl.

»Inwiefern?«

»Mama kann ja mit dir machen, was sie will. Mir gegenüber bist du immer aufgetreten, als wäre, was dir zu tun beliebt, unumstößliches Gesetz im Hause. Mama braucht nur zu winken, so ändert sich alles.«

Er sieht sie ironisch an, indem er stehen bleibt.

»Jetzt seid ihr auch zwei gegen einen! Deine Mutter genießt hier Gastrecht; ich werde mit ihr keinen Streit anfangen. Wenn du dich hinter sie verschanzest, so bist du sicher, alles, was du willst, durchzusetzen. Vorläufig wenigstens – so lange wie's dauert.«

»Bitte, sprich nicht in diesem Tone zu mir, sonst fange ich an zu weinen. Ich bin aufgeregt genug dazu,« ruft sie heftig. »Ich lehne jede Verantwortung für das, was Mama tut, entschieden ab. Meinethalb kontrolliere mich doch – du kannst ja in deinen Mußestunden mit am Waschfaß stehen und unter den Möbeln auf Staub und Fusseln visitieren, um mich wirtschaftlich auf der Höhe zu halten; ich habe nichts dagegen, wenn es dir Spaß macht.«

»Ich werde den Teufel tun.«

»Du hast es ja Mama eben versprochen. Du wirfst mir vor, daß ich mich mit ihr gegen dich verschwöre – nein, du nimmst ihre Partei gegen mich.«

»Nun, was einem recht ist, das ist dem andern billig. Wurst wider Wurst, Zipfel zu!«

»Du hast gar keine Revanche nötig; ich sage dir: ich kann nichts dafür, wenn Mama dich ärgert.«

»So? Deine Mutter behauptet's doch! Wer hat denn den Anfang gemacht, ist mit der Sprache herausgegangen, daß ich schlinge, statt anständig zu essen? Du!«

Er geht wieder mit starken Schritten auf und ab, endlich wirft er einen Seitenblick nach dem Schaukelstuhl und sieht, daß sie mit trostloser Miene dasitzt und Tränen abwischt. Seine anmutige, blühende, blonde Frau, die sonst so heiter ist und die er so liebt. Da faßt ihn Mitleid; er geht zu ihr, nimmt ihren Kopf zwischen die Hände, wie der sich auch zuerst sträubt, und küßt sie. »Armer Schatz,« sagt er. »Sie macht uns richtig ganz verdreht. Was hat sie denn an dir auszusetzen?«

»Ich bin ein Schmutzfink,« sagt sie zwischen Lachen und Weinen.

Er lacht laut auf.

»Ich weiß nicht,« schüttelt Mama, als sie nachher zum Kaffee kommt, »es stampfte jemand im Hause die ganze Zeit hin und her wie in Holzschuhen. Ich hörte es bis in den Schlaf hinein, nachdem ich erst lange kein Auge zu schließen vermochte.«

Sie hatte eine eigene Art, leidend und mitleiderregend auszusehen.

Frau Lottchen, die sich etwas getröstet, blickte mit einem flüchtigen Lächeln, während sie eingoß, auf den Gatten. Der sagte: »Wir haben doch nichts davon bemerkt; es wird im Nebenhause gewesen sein.«

»Es ist merkwürdig unruhig bei euch. Es könnte doch sein, daß es von deinem Gehen war, lieber Ernst; das Haus ist offenbar leicht gebaut, so daß es arg schallt, wenn man stark auftritt.«

»Dann werde ich mich bemühen, zu schweben, Mama.«

»Reich mir den Zucker, Lottchen ... Nun, nun, nur etwas mäßigen. Heut' könnten wir wohl ein wenig spazieren gehn, das Wetter scheint ja erträglich zu sein.«

Eine Stunde drauf gehn die drei spazieren, nach dem Walde zu. Die Nachmittagssonne scheint so warm, die Spatzen kreischen; Natur und Menschen tragen Frühlingstoilette. Die Frauen gehen zusammen, wobei Mama das Tempo angibt; der Oberlehrer, der vorausgeht, ist alle Augenblick um zwanzig Schritt weiter als sie und zappelt innerlich vor Ungeduld. Mama sieht recht befriedigt aus; sie besteht zwar darauf, daß der Ort schmutzig sei und die Gegend, wiewohl nicht übel, einen feuchten Eindruck mache, aber es grüßen so viele Menschen achtungsvoll, daß dies ihr Mutterherz mit Genugtuung erfüllt. Sie fragt genau nach allen – wenn ein Doktor oder Professor kommt, wird sie still. Der Oberlehrer fängt eben vor ihnen ein junges Paar auf, und Frau Lottchen sagt erfreut: »Da ist meine Spezialfreundin, von der ich dir gesagt; du kannst sie gleich kennen lernen.«

»Die Bäckertochter? Wie heißt sie gleich?«

»Harsdörffer,« raunt Frau Lottchen, denn ihr Mann kommt mit den zweien auf die Frauen zu. »Herr und Frau Doktor Harsdörffer – unsere liebe Mama.«

»Kommt doch noch ein paar Schritt mit,« sagt Lottchen.

»Bitte schön ...«

Die Männer gingen voraus, die jungen Frauen nahmen Mama in die Mitte. Sie sah fürstlich aus, aber wohlwollend.

»Ich höre, Ihr Herr Vater ist Bäckermeister?«

Die Frau Doktor macht ein betroffenes Gesicht.

»Allerdings, gnädige Frau.«

»Ich finde es sehr achtungswert, daß er Ihnen eine so gute Erziehung hat geben lassen. Das macht die Großstadt. Lottchen sagte, Sie wären Berlinerin. Bei uns würde schwerlich ein Handwerker seine Tochter für eine höhere Sphäre erziehen lassen.«

»Möglich,« meinte die junge Frau gemessen. »Bei uns wundert sich niemand drüber.«

»Es würde bei uns auch kaum ein Glück für ein solches Mädchen sein; die gebildeten Kreise sind von den Handwerkerkreisen scharf geschieden, wie Öl und Wasser. Übrigens interessiert es mich sehr, das hiesige Gebäck mit dem unsrigen zu vergleichen.«

»Papa hat speziell eine Wiener Bäckerei ...«

»Ah – das Wiener Gebäck ist ja weltberühmt; da begreife ich ...«

»Verzeihung, ich glaube, wir müssen umkehren – Alfred! wir haben noch einen Besuch vor ...«

»War mir sehr angenehm,« versicherte Doktor Harsdörffer; die Frau Doktor verneigt sich zeremoniös.

»Sie hat sehr gute Manieren,« nickt Mama befriedigt. Frau Lottchen muß sich Luft machen.

»Nimm mir's nicht übel, Mama – warum sprachst du immerzu von Bäckerei? Helene muß das ja für Absicht halten.«

»Liebes Kind,« wehrt Mama empfindlich, »du wirst hoffentlich deiner Mutter überlassen, zu bestimmen, was sie für passend hält. Einer geborenen Bäckertochter liegt sicherlich dies Thema am nächsten, und sie hat gar keinen Grund, sich ihrer Abkunft zu schämen. Meinst du nicht auch, Ernst?«

»Jawohl,« bestätigte er mit großem Kraftaufwande. »Durchaus meine Meinung.«

Die Gattin ist erbittert. Er bestärkt Mama in ihrer Unglaublichkeit. Sie weiß besser, was dieser Zwischenfall für Folgen haben kann! Schweigend geht sie den ganzen Weg, läßt Mama und den Gatten reden, die ganz *d'accord* zu sein scheinen. Auf dem Rückwege hat Mama einen Einfall. Sie schickt Ernst voraus, will eine Besorgung machen.

»Lottchen, du weißt jedenfalls, wo Ernsts Schneider wohnt. Ich werde doch einen Anzug für die Oberhemden bestellen.«

»Mama, ich bitte dich, tu's nicht.«

Mama ist fest entschlossen. »Ich werde dir beweisen, daß er ihn trägt.«

Frau Lottchen verzweifelt – ihr Mann wird wieder sagen, sie hat mit Mama komplottiert, wenn sie jetzt mit ihr zu seinem Schneider geht ... ah! er hat ja eben erst wieder die Partie von Mama gegen sie genommen. Wurst wider Wurst, Zipfel zu! sagt er. Sie wird in Gedanken Buch führen – Zug gegen Zug.

Und sie geht mit Mama zum Schneider ...

Nach dem Abendessen erhebt sich der Oberlehrer ohne viel Umstände. »Du entschuldigst mich, Mama, heut' ist Kegeltag. Auf Wiedersehn morgen!«

Er ging auffallend eilig.

Mama sah kopfschüttelnd hinter ihm drein, schüttelte immer wieder, immer wieder. Endlich platzte sie mit der Sprache heraus.

»Da wundre ich mich nicht, daß er in seinem Wesen so wenig fein ist, wenn er so rohe Vergnügungen aufsucht! Das muß ich sagen: das – das habe ich von Papa nie gelitten! Auf den Kegelbahnen nämlich herrscht ein schrecklicher Ton, mein Kind. Das wäre eine würdige Aufgabe, ihn von dort loszulösen!«

Die junge Frau sieht Mama zweifelnd an. »Es ist aber lauter gute Gesellschaft dort ... er freut sich die ganze Woche drauf ...«

»Die Frauen dieser Männer beneide ich nicht. Du hast offenbar keine Ahnung, wie sie da in die Nacht hinein toben, in Hemdärmeln, wie die Hausknechte, die rohesten Witze machen ... wann kommt er denn da nach Hause?« Sie ist ernstlich empört.

»Gegen zwölf, glaube ich. Ich schlafe immer schon, werde höchstens halbwach.«

»So bist du noch glücklich dran, denn er wird furchtbar nach Bier riechen und nichts weniger als nüchtern sein. Ich meinerseits habe nie einschlafen können, solange Papa nicht zu Hause war; es machte mich entsetzlich nervös, auf ihn warten zu müssen; darauf nahm er natürlich Rücksicht. Versuche es ein einziges Mal, wach zu bleiben, und du wirst mir recht geben. Die ganze Atmosphäre von Roheit wirst du an ihm spüren. Nun – das erklärt freilich viel ...«

Heute konnte Frau Lottchen noch weniger einschlafen als gestern. Sie vermochte den Gedanken nicht loszuwerden, daß an der Schilderung von Mama doch etwas Richtiges sein müsse. Mama hatte ja bis zum Zubettgehen noch allerlei »Erfahrungen« aus dritter Hand zum Besten gegeben, und diese waren allerdings durchgehends sehr abstoßender Natur.

Sie machte immer wieder Licht, sah nach der Uhr, horchte im Verdämmern plötzlich wieder auf ein Geräusch, das sie zu hören meinte, bis sie vor Aufregung fieberte. Als ihr Mann endlich kam, brach sie in Tränen aus. Er polterte so mit den Stiefeln, pfiff sogar, und nachher roch er wirklich nach Bier und kam ihr so wüst vor, als er sich zu ihr niederbeugte:

»Was ist dir denn, Schatz? Wieder die Mama ...«

»Ach Gott, ich habe auf dich gewartet, und das war schrecklich. Mußt du denn kegeln?«

»Nachtigall, ich hör' dir trapsen,« lachte er und, wie ihr schien, sehr roh. »Jawohl, ich muß, Schatz. Andermal schlaf du nur, wie früher.«

Und es ward aus Abend und Morgen der dritte Tag.

Der Oberlehrer frühstückte allein, er mußte zeitig zur Schule. Doch die Türen zum Salon und weiter zum Schlafzimmer standen offen, und er ging mit dem geschmierten Brötchen in den Salon, als er merkte, daß Frau Lottchen munter war.

»Du, die Harsdörffer ist ja außer sich über Mama und über dich auch. Sie zerbricht sich den Kopf, was der Grund sein könnte, daß du gegen Mama die Bäckertochter geradezu aus dem Fenster gehängt hast, und warum Mama ihr diese mit so deutlicher Absicht unter die Nase gerieben.«

»Siehst du, wie sehr ich recht hatte,« scholl es vom Schlafzimmer her ganz erbittert. »Und du hast Mama noch bestärkt.«

»Eh, es muß noch toller kommen,« lachte er, in das Brötchen beißend, »Ich habe natürlich möglichst Wasser in den Wein gegossen, Harsdörffer ist ja ganz vernünftig ... Was war dir denn übrigens die Nacht wegen des Kegelns in den Kopf gekommen?«

»Wenn es da so zugeht, wie Mama mir's geschildert, dann wär's wirklich besser, du bliebest zu Hause.«

»Aha, meine Ahnung! Davon mußt du mir näheres berichten – aber nicht jetzt, ich muß fort. Auf Wiedersehen, Schatz.«

Mama war heute behaglich aufgewacht, hingegen die Tochter verstimmt: »sie habe schlecht geschlafen«.

»Hast du deinen Mann erwartet?«

»Ja ...«

»Nun?«

»Ich glaube, du hast nicht so unrecht, Mama.«

»Ich habe vielmehr bestimmt recht, Lottchen.« Sie saß da wie eine kleine dicke Göttin der Weisheit im grauen Morgenschlafrock, die Nektar und Ambrosia frühstückt. »Wir wollen mit Vorsicht verfahren, immer wieder an seinen besseren Menschen appellieren. Auf jeden Fall zähle ich auf deine Unterstützung.«

Mama zählt bereits wieder auf ihre Unterstützung!

»Ich habe ihm schon davon gesprochen ...«

»Nun, und was sagte er?«

»Ich glaube, er lachte mich aus.«

»Das tun die Männer gewöhnlich, wenn sie ein böses Gewissen haben und von uns in die Enge getrieben werden. Damit darf man sich nicht abspeisen lassen.« Sie taucht befriedigt die Nase in die Kaffeetasse. »Er wird sich fügen, daran zweifle ich nicht. Bis jetzt kann ich nur sagen: du hast einen sehr guten und verständigen Mann bekommen, liebes Lottchen. Halte ihn nur möglichst in deiner Nähe fest, denn die Männer verderben einer den andern.«

Frau Lottchen kann hier doch nicht ganz schweigen. »Mama, wenn du dich nur nicht in Ernst täuschest. Ich traue ihm nicht so wie du.«

Mama lächelt bloß überlegen.

»Wir werden morgen sein Zimmer vornehmen. Du sagtest ja wohl, das würde ihm furchtbar sein? Nun – wir wollen die Probe darauf machen! Heute werden wir zuerst deiner Sophie noch eine Lektion geben. Apropos – hol doch die Schutzdeckchen, liebes Kind!«

Frau Lottchen holte sie; Mama hatte inzwischen wieder die Rouleaux herabgelassen. Sie war entzückt, als die »nächtlichen« Handarbeiten das Sofa verzierten. »Das muß doch jedem gefallen.« Sie legte den Kopf bald nach rechts, bald nach links, ging abwechselnd näher und ferner. »Sehr, sehr hübsch!« Dann wischten die Frauen Staub, und dann gingen sie Sophie »kontrollieren«, die inzwischen in den Schlafzimmern rumort hatte. Da gab es wieder genug nachzubessern. Sophie fügte sich mit innerlichem Gewittergrollen.

»Fehlt vielleicht noch was?« fragte sie spitzig, ehe sie abging.

»Sie brauchen nicht empfindlich zu tun, meine Liebe. Es kann Ihnen nicht schaden, wenn Sie sich noch ein wenig vervollkommnen; ich werde Ihnen das gleich in der Küche noch deutlicher beweisen.«

Das war zuviel; Sophie erstarrte. In der Küche? In ihr herumschnüffeln, die ihr angestammtes Reich und ihr Stolz! Sie warf die Tür hinter sich zu, daß es krachte. »Nun, das fehlt noch,« sagt Mama und geht ihr nach. »Bitte, kehren Sie doch gefälligst noch einmal um und versuchen Sie, ob Sie die Tür nicht mit weniger Kraftaufwand schließen können.«

Sophie geht in die Küche, als ob sie taub wäre. Nicht um die Welt wäre sie umgekehrt.

»Ich bitte dich, Mama, treib es doch nicht auf die Spitze!«

Mama kehrt sich um: »Mein Kind, du wirst zugeben, daß wir uns das nicht gefallen lassen können von einem Dienstboten. Sie ist eine ganz freche Person.« Und sie geht hinaus und kommt nach einiger Zeit ganz echauffiert wieder, tiefste Empörung in den Augen.

»Wir werden also die Küche heute nicht revidieren. Ich will nicht wiederholen, was dieses Geschöpf mir zu sagen wagte. Ich hoffe, Ernst wird ihr nachher den Standpunkt klar machen ...« Frau Lottchen macht Miene, in die Küche zu gehen ... »Nein, ich ersuche dich, jetzt hier zu bleiben; wir werden mit dieser Person kein Wort wechseln, bis sie abgebeten hat! Komm, bitte, mit in das Wohnzimmer.«

Dort sitzen sie. Frau Lottchen stickt, Mama strickt. Erinnerungen an verflossene bösartige Dienstmädchen unterbrechen das schwüle Schweigen. Und nun – da ist der Oberlehrer. »Gott sei Dank, daß du kommst,« ruft Frau Lottchen.

»Guten Morgen, Mama – ja, was ist denn los?«

Eine kurze Pause. »Lieber Ernst,« sagt Mama endlich, kalt von ihrem Strumpfe aufblickend, »ich muß dich leider bitten, ein ernstes Wort mit eurem Mädchen zu reden. Diese Person ist mir heute morgen in einer Weise frech begegnet, die ich nur verzeihen kann, wenn sie mir ernstlich Abbitte leistet.«

»Was? Sie ist doch sonst nicht so?«

»Nun, sie glaubt wahrscheinlich, sich das gegen mich herausnehmen zu dürfen, weil ich sie nicht gemietet habe. Jedenfalls kann ich nur mit ihr zusammen hier bleiben, wenn sie mir eine eklatante Genugtuung gibt.«

»Ja, da will ich doch gleich ...«

In der Küche sagte er: »Sophie, was ist das? Meine Schwiegermutter beschwert sich, Sie hätten sie frech behandelt. Machen Sie keine Geschichten, Mädchen, und bitten Sie ihr ab. Solange sie hier ist, müssen Sie ihre Eigenheiten respektieren.«

Sophie stemmt die Arme in die Seiten: »Das paßt mir nicht, Herr Oberlehrer; so ein Gewirtschafte, wo man immer wie eine Dumme dasteht und als Schmutzlotte heruntergeputzt wird. Ich mache meine Arbeit, und zerreißen kann sich der Mensch nicht. Ich weiß gar nicht mehr, wie ich mit dem Kochen fertig werden soll ...«

»Seien Sie nicht obstinat, Sophie, geben Sie ihr ein gut Wort ...«

»Nein, das tue ich nicht. Lieber will ich gehen.«

»Himmeld – überlegen Sie sich's!«

Damit macht er kurz kehrt. »Sie wird sich's überlegen, Mama,« sagt er drüben. »Was hat's denn eigentlich gegeben?«

»Lassen wir das; ich will ihre ordinären Reden nicht wiederholen. Ihr habt das Mädchen eben grenzenlos verwöhnt. Gut also, ich werde abwarten.«

Frau Lottchen deckt, Sophie kommt finster helfen, die Augen bald rechts, bald links rollend. Die junge Frau fiebert in dieser Gewitterschwüle; sie kann kaum einen Bissen genießen, während ihr Gatte wie ein kampfwütender Soldat in der Schlacht einhaut. Es wird wenig gesprochen. Mama, die tief verwundet aussteht, vergißt vollkommen alles, was sie Ernst während der Mahlzeit zu seiner Erziehung zu sagen die Absicht gehabt. Als Sophie endlich abräumt – sie und Mama vermeiden, einander anzusehen – sagt letztere plötzlich: »Nun, Sophie, sehen Sie Ihr Unrecht endlich ein?«

Sophie schweigt niederträchtig und geht hinaus.

»Das ist doch unerhört!« ruft Mama in gerechter Erbitterung, »Wenn sich diese Person das gegen eure Mutter erlauben darf ...«

»Ja, was soll denn geschehen!« ruft der Oberlehrer aufspringend; »ich kann doch das Mädchen nicht Knall und Fall fortschicken ...«

»Dann ist's besser, ich verlasse euch.«

»Aber Ernst, das können wir Mama wirklich nicht bieten lassen,« ruft Frau Lottchen hochrot.

Der Oberlehrer stürzt aus dem Zimmer in die Küche: »Sophie, entweder Sie bitten ab, oder Sie gehen.«

»Jawohl, ich gehe gleich, wenn Sie wollen.«

»Gut, gehen Sie; ich zahle Ihnen Kostgeld, wenn Sie dieser Tage kommen und wieder nachfragen.« Und drüben meldet er: »Sie zieht noch heute,« wobei er grimmig wie ein Löwe aussieht, dem man einen Knochen fortnehmen will.

»Mein Gott – ich kann doch jetzt nicht ohne Mädchen sein,« jammert Frau Lottchen verzweifelt. »Du weißt gar nicht, wie schwer es hier hält, auf der Stelle ein gutes Mädchen zu bekommen ...« Sie steht auf.

»Bleib – nimm ein schlechtes oder eine Aufwartung. Dieses Geschöpf geht noch heute, ich leide nicht, daß Mama sich auch nur einen Tag über sie aufregt.«

Mama sieht selber jetzt etwas betreten aus. »Das ist wohl etwas übereilt, lieber Ernst ...«

»Gebt euch keine Mühe. Ich weiß, was ich dir schuldig bin. Es bleibt dabei.«

So wie er auftritt, wagen die Frauen nicht mehr zu widersprechen. Mama wendet sich zu Frau Lottchen: »Es ist noch nicht Abend, vielleicht besinnt sich das Mädchen. Wir besprechen die Sache am Nachmittag noch eingehend, rege dich jetzt nicht so auf, Lottchen ...«

»Mein Gott,« sagt die junge Frau todunglücklich, als sie mit dem Gatten allein ist, »was soll nur werden! Mama meint's ja in ihrer Art gut, aber sie macht uns alle verrückt.«

»Jawohl,« ruft der Oberlehrer ingrimmig, »verrückt – verrückt – verrückt –« wobei er dreimal die Arme in die Luft wirft.

Frau Lottchen weint wieder. »Ich weiß nicht, was in Mama gefahren ist,« schluchzt sie, mit dem Taschentuch über die Augen fahrend; »so kenne ich sie doch zu Hause nicht.«

»Wahrscheinlich kann sie die Luft hier nicht vertragen. So eine Art Tropenkoller.«

»Diese Wut, alles zu tadeln und zu ändern und bis auf jedes Stäubchen rein zu machen – jetzt sollst du nicht Kegel schieben – sie wird dir's schon noch sagen- und morgen soll deine Stube aufgeräumt werden ...«

»Was?« rief der Oberlehrer, wie von der Tarantel gestochen, »ich soll wirklich nicht kegeln? – und deine Mutter – meine Stube? ... Adieu, mein Kind!«

Er ist draußen, in der Küche. »Sophie, Sie gehn bestimmt heut' vor Abend ... mir zu Gefallen. Wo gehn Sie hin?«

»Zu meiner Mutter.«

»Ah, richtig, schon gut.«

Als er seinen Hut nimmt, erscheint Frau Lottchen blaß in der Tür. »Am Abend bin ich zurück; sag Mama, ich hätte wichtige Konferenzen.« Und er stürmt die Treppe hinunter. »Verrückt!« wiederholt er wütend für sich. »Wozu brauchen wir uns verrückt machen zu lassen? Nicht mehr kegeln – und sie – meine Stube durcheinander wirtschaften ... das könnte mir passen.«

Am Nebenhause blickt er durch einen Torweg und sieht einen Menschen in Hemdärmeln auf dem Hofe stehen; rasch biegt er ein.

»Guten Tag, Müller.«

»Guten Tag, Herr Oberlehrer.«

»Müller, wollen Sie sich die nächsten Tage für jeden eine Mark verdienen?«

»Warum das nicht? Was soll ich denn dafür machen?«

»Können Sie nicht jeden Morgen, so früh wie gestern, eine halbe Stunde lang etwas ausklopfen im Hofe? Kleider, Teppiche – was, das ist mir egal. Aber ich habe nichts gesagt.«

»Ich will sehen – solange wie ich keinen Skandal kriege – unser Herr ist immer schon auf den Beinen um die Zeit, der wird wohl nichts dagegen haben.« Müller sieht äußerst verschmitzt aus.

»Abgemacht. Hier haben Sie die Mark für morgen als Aufgeld.«

Der Oberlehrer ist ein starker Fußgänger. Er rennt fünf Stunden im Walde herum, von dem einen Gedanken beherrscht: Sie muß fort. Am liebsten nähme er sie unter den Arm, trüge sie in eine Droschke, aus der Droschke ins Coupé, hielte die Coupétür zu, bis sie abgefahren wäre. Aber nein: sie muß freiwillig fahren. Seine angeärgerte Phantasie wütet in grausamen Bildern, wie dies herbeizuführen. Sein chemischer Kollege wird ihm eine Flasche Schwefelwasserstoffwasser fabrizieren, und er infiziert seine Wohnung auf vierzehn Tage immer kräftiger mit diesem teuflischen Gestank. Oder: der Besitzer des Lokalblättchens, der mit ihm kegelt, muß ihm zu Gefallen eine Notiz bringen, daß eine schreckliche Feuersbrunst den Ort verwüstet hat, wo sie wohnt – oder daß ein Geheimer expedierender Sekretär dort unter irgend welchen ungewöhnlichen Umständen vom Schlag getroffen worden ... leider, fällt ihm ein, wird sie telegraphisch sofort erfahren, daß dies Schwindel ist. Vielleicht nimmt er ein Weinglas und stößt mit ihr so an, daß es zerbricht, und ängstigt sie mit Ahnungen ... oder noch einfacher: er schreibt an Papa, zieht ihn ins Vertrauen und bittet um telegraphische Rückberufung von Mama unter irgend welchem dringlichen Vorwande ...

Zu einem rechten Entschlusse kommt er in all den fünf Stunden nicht.

Auf dem Rückwege geht er über Feld und überholt fünf halbwüchsige Jungen – Gymnasiasten, wie er erkennt. Sie grüßen so gewaltsam, wie Gymnasiasten ihre Lehrer zu grüßen pflegen, lachen etwas verlegen, und einer trägt eine mäßige Zigarrenkiste.

»Was habt ihr denn da?«

»Mäuse, Herr Oberlehrer.«

»Wo habt ihr die her?«

»Siebert hat sie gefangen, der kann Mäuse mit der Hand fangen.«

»Wie machst du das?«

»Ich bücke mich rasch und fasse sie im Genick,« sagt Siebert nicht ohne Stolz.

»Mäuse,« geht's im Kopf des Oberlehrers herum – »Mäuse – wieviel sind's denn?«

»Sechs.«

»Die könnt ihr mir schenken; ich brauch' gerade welche. So – ich danke euch; den Kasten bring' ich mal in die Schule mit.«

Er hat den Kasten, in dessen Deckel eine Klappe eingeschnitten ist, unter den Arm geklemmt und geht eilfertig weiter, mit einem blutdürstigen Lächeln. Sie sollen ihm nur in seine Stube kommen! Er wird den Kasten auf die Dielen setzen und sehen, was da geschieht.

Gegen sechs Mäuse kommen alle Weiber der Welt nicht an. Mit heimlicher Wollust hört er, wie sie in der Kiste krabbeln.

In der Nähe seiner Wohnung stößt er auf Sophie und geht auf sie zu. Sie ist in Sonntagstoilette und trägt ein Bündel.

»Ziehen Sie, Sophie?«

»Ja, Herr Oberlehrer; sie wollten mich halten, aber bei der Geheimen Gnädigen bleibe ich nicht.«

»Sollen Sie auch nicht. Ich lasse es Ihnen sagen, wenn sie abgereist ist.«

Oben ging er zuerst in seine Stube, setzte die Kiste mit den sechs Mäusen nieder. Nebenan hörte er Frau Lottchen unverständliche Worte reden – jetzt öffnete sie, und er trat ihr händereibend entgegen.

»Nun: Sophie seid ihr glücklich los, ich bin ihr eben begegnet.«

»Ja, und Mama ist ganz elegisch gestimmt deshalb. Komm nur und hilf sie trösten.«

»Wieso – warum? Ihr müßt euch eben behelfen.«

»Es ist auch nicht deshalb, lieber Ernst,« erklingt Mamas melancholische Stimme von einem Lehnstuhl am Fenster her. »Ihr könnt am Ende froh sein, daß ihr diese Person los seid; ich rechne es mir sogar zum Verdienst an, euch von ihr befreit zuhaben; und Lottchen hat schon eine Aufwartung für morgen. Nur hat es ohne ein brauchbares Mädchen, das länger im Hause bleibt, keinen Sinn, sich eingehend mit der Haushaltung zu beschäftigen, und das war ein Hauptzweck meines Kommens. Bloß zum Vergnügen hier sitzen – während Papa zu Hause mich schwer entbehrt … ich habe den ganzen Nachmittag an ihn denken müssen.«

Lottchen fällt ein: »Aber Mama – du sagst doch selbst, er sei gut versorgt!«

»Äußerlich wohl; indes, wie ich dir schon bemerkte: eine Frau ist durch nichts zu ersetzen.«

»Der Meinung bin ich ganz entschieden,« beteuert der Oberlehrer mit Überzeugung und faßt Frau Lottchen mit einem Arme um. »Merkwürdig übrigens – ich will es nur erzählen – ich habe zwei Nächte hintereinander jetzt Papa im Traum gesehen, der mich inbrünstig bat, ich möchte dich ihm wiedergeben, Mama, damit er nicht allein zu sterben genötigt sei. Er sah sehr schlecht aus; ordentlich leichenhaft.« Er sagt das wie beiläufig.

Mama ist plötzlich ganz verstört. »Warum erzählst du das jetzt erst?«

»Ich wollte dich nicht ängstigen. Mir ist's schon leid, daß ich davon angefangen habe.«

»Nun, ich bin ja nicht eigentlich abergläubisch, aber unwillkürlich wird man doch von so etwas beeinflußt. Zweimal, sagst du, hast du das schon geträumt?«

»Zweimal,« bestätigt er. (Es scheint wahrhaftig zu wirken!)

»Das ist immerhin schon sehr auffällig. Etwas Ernstliches kann mit Papa noch nicht passiert sein, sonst hätte ich ein Telegramm.«

»Natürlich. Aber wollen wir nicht essen? Ich habe Hunger.«

Es ist noch ziemlich hell; die beiden Frauen decken. Der Oberlehrer promeniert in der Stube, wiegt sich in ausschweifenden Hoffnungen, aber er hütet sich, die graue Stimmung, welche herrscht, zu stören.

»Weißt du, Ernst – wenn du das zum drittenmal träumtest, könnte mich nichts in der Welt abhalten, morgen abzureisen.«

»Aber Mama, du wirst doch nicht ...?«

»Ja; ihr könntet mir das nicht übelnehmen. Ich komme lieber in einiger Zeit wieder. Mancherlei Gutes habe ich ja schon in diesen Tagen gestiftet – alles auf einmal könnt ihr nicht gut verlangen, ohne unbescheiden zu sein.«

»Gewiß, wir sind dir schon dankbar genug,« versicherte die Bruststimme des Oberlehrers. »Ah, seid nicht so melancholisch; ich werde eine Flasche Wein holen.« Und er schießt plötzlich gegen alle Proteste hinaus, stülpt den Hut auf und geht zum nächsten Händler, während Lottchen kopfschüttelnd Gläser aufstellt. »Alle Mittel helfen,« sagt der Oberlehrer mit der Flasche auf der Treppe zu sich und zieht das Messer mit dem Korkzieher aus der Tasche.

»So, Mamachen – und zum Kuckuck mit allen Träumen und Ahnungen ...« Der Pfropf ist heraus, er setzt sich und klingt an: »Dein Wohl!«

Knack! Aus seinem Glas fällt ein Scherben, der dritte Teil des Inhalts fließt auf das Tischtuch. Er sieht Lottchen an, Lottchen sieht Mama an, Mama den Schwiegersohn.

»Ein sonderbarer Zufall,« brummt dieser. »Das ist ja wahrhaft unheimlich.«

»Allerdings,« sagt Mama mit Grabesstimme. »Kinder, mir wird himmelangst. Es ist sicher besser, ich fahre morgen zu meiner eigenen Beruhigung. Redet mir nicht ab.«

»Ich gestehe, unter diesen Umständen führe ich selber,« meint nachdenklich der Oberlehrer und schüttelt langsam den Kopf.

Das Essen will nicht schmecken, den Wein trinkt der Hausherr allein, trinkt die Flasche nachher den Abend über leer, während er alle Geschichten von Ahnungen und Wahrträumen erzählt, die er irgend weiß. Mama fügt ihre Vorräte dazwischen. Das genügt.

Gegen Mitternacht hat Ernst den Auftrag, für Mittag die Droschke und außerdem ein Telegramm an Papa zu besorgen, und Frau Lottchen muß mit Mama in ihr Schlafzimmer kommen, bis sie geborgen im Bett liegt. Der Oberlehrer revidiert rasch inzwischen noch einmal den Mäusekasten: der Deckel ist mit zwei verschleiften Bändchen gesichert. Er hält den Kasten ans Ohr und horcht auf das Krabbeln drin: »Ihr Spitzbuben – wenn alles gut geht, setze ich euch morgen wieder ins Feld,« sagt er vergnügt. »Und diese Nacht muß Papa wieder erscheinen.«

Richtig – am Morgen, ehe er in die Schule wandert, kann er Mama versichern, er glaube bestimmt, daß sein Traum sich ähnlich, nur minder klar, zum drittenmal wiederholt habe. Es hätte dessen nicht bedurft, Mama ist ohnedies fest willens zu fahren. Daß Müller in aller Herrgottsfrühe wieder wie besessen geklopft hat, ist gleichfalls eine ganz überflüssige Grausamkeit gewesen!

Nun, sie wird dem jetzt entgehen.

Am Vormittag, nach dem Einpacken, sitzt sie noch mit Frau Lottchen und »bespricht einiges«. »Vielleicht notierst du dir, mein Kind, worauf ich alles aufmerksam gemacht habe. Nimm einmal dein Notizbuch, wir wollen uns beide erinnern ...

Erstlich, was Ernst betrifft: Nicht so schnell essen – nicht pfeifen – nicht Kegel schieben – nicht so bäurisch auftreten ... was war's doch noch? Ah, richtig: die Oberhemden! Die Rechnung über den Anzug schickst du mir ...

Ferner, was die Wirtschaft angeht: Rouleaux – Schoner – Sauberkeit (ich muß dir das auf das dringendste einschärfen, Lottchen; gewöhne gleich das neue Mädchen von vornherein dran!) – Wäsche (du mußt selber in der Waschküche nachsehen; die Waschfrauen sind sündhaft oberflächlich, sage ich dir!) ... was doch weiter ... weißt du, wenn dein Mann dich in Wind und Wetter hinausschleppen will, so sprichst du mit; auf alle Fälle nimm ordentlich etwas um ...«

Frau Lottchen schreibt gewissenhaft nach.

»Du wirst schon noch manches finden, jetzt, wo ich dir die Augen geöffnet habe.«

Zu Mittag fährt wieder die Droschke zur Bahn, wie sie gekommen. »Hoffentlich sind deine Sorgen unnütz gewesen, Mama,« sagt der Oberlehrer mit warmem Händedruck. Aber Mama sieht wieder so wehleidig wie möglich aus, und als der Zug abfährt, wischt sie Tränen ab – sie ist eine ganz gute Frau!

Die Strafe für dies Krokodil von Schwiegersohn blieb nicht gänzlich aus.

Erstlich: als er am Nachmittag sein Arbeitszimmer betrat, um den Kasten fortzutragen, fuhr ihm eine Maus zwischen den Beinen durch ... der Kasten war leer, und fünf weitere Mäuse segelten geräuschlos im Zimmer umher, von Ecke zu Ecke. Er prallte beiseite, öffnete das Wohnzimmer, und zwei dieser Geschöpfe benutzten die Gelegenheit mit ihm, zu Frau Lottchen zu gelangen. Die kreischte auf ...

Erst nach Verlauf von drei Tagen war mit Hilfe einiger Fallen die Menagerie wieder beisammen, nachdem Lottchen und Sophie Unbeschreibliches an Angst und Schrecken ausgestanden.

Nach acht Tagen aber meldete sich Müller!

Er hatte jeden Morgen geklopft und beanspruchte sieben Mark. Der Oberlehrer, der vom Klopfen nichts gehört, hatte vergessen, ihm den Kontrakt zu kündigen.

Nach längeren Verhandlungen erst war Müller zu bewegen, mit drei Mark abzuziehen. Von dieser Zeit an aber versicherte er jedem, der es hören wollte, der Oberlehrer Walter wäre »auch so einer!«